Januária Cristina Alves

A COMUNICAÇÃO HUMANA

1ª edição
2023

Ilustração
Isabela Jordani

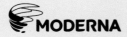

TEXTO © Januária Cristina Alves, 2023
ILUSTRAÇÕES © Isabela Jordani, 2023

DIREÇÃO EDITORIAL: **Maristela Petrili de Almeida Leite**
COORDENAÇÃO DE EDIÇÃO DE TEXTO: **Marília Mendes**
EDIÇÃO DE TEXTO: **Lisabeth Bansi, Giovanna Di Stasi, Ana Caroline Eden**
PESQUISA: **Luisa Cortés, Tiago Nasser**
COORDENAÇÃO DE EDIÇÃO DE ARTE: **Camila Fiorenza**
ILUSTRAÇÕES DE CAPA E MIOLO: **Isabela Jordani**
PROJETO GRÁFICO: **Isabela Jordani**
DIAGRAMAÇÃO: **Michele Figueredo**
COORDENAÇÃO DE ICONOGRAFIA: **Luciano Baneza Gabarron**
PESQUISA ICONOGRÁFICA: **Marcia Mendonça**
COORDENAÇÃO DE REVISÃO: **Thaís Totino Richter**
REVISÃO: **Nair Hitomi Kayo**
COORDENAÇÃO DE *BUREAU*: **Everton L. de Oliveira**
PRÉ-IMPRESSÃO: **Ricardo Rodrigues, Vitória Sousa**
COORDENAÇÃO DE PRODUÇÃO INDUSTRIAL: **Wendell Jim C. Monteiro**
IMPRESSÃO E ACABAMENTO: **EGB Editora Gráfica Bernardi Ltda.**
LOTE: **782613**
COD: **120009195**

Dados Internacionais de Catalogação na Publicação (CIP)
(Câmara Brasileira do Livro, SP, Brasil)

Alves, Januária Cristina
   A comunicação humana / Januária Cristina Alves; ilustrações de Isabela Jordani. – 1. ed. – São Paulo : Santillana Educação, 2023. – (Diversos, diferentes, desiguais)

   ISBN 978-85-527-2914-3

   1. Comunicação interpessoal - Literatura infantojuvenil 2. Relações humanas - Literatura infantojuvenil I. Jordani, Isabela. II. Título. III. Série

23-169622   CDD-028.5

Índices para catálogo sistemático:

1. Comunicação interpessoal : Literatura infantojuvenil 028.5
2. Comunicação interpessoal : Literatura juvenil 028.5

Cibele Maria Dias – Bibliotecária – CRB-8/9427

Reprodução proibida. Art.184 do Código Penal e Lei 9.610 de 19 de fevereiro de 1998.
Todos os direitos reservados

EDITORA MODERNA LTDA.
Rua Padre Adelino, 758 – Quarta Parada
São Paulo – SP – Brasil – CEP 03303-904
Vendas e atendimento: Tel. (11) 2790-1300
www.moderna.com.br
2023

LEITURA EM FAMÍLIA
Dicas para ler
com as crianças!

http://mod.lk/leituraf

SUMÁRIO

4 — Tão diferentes e tão iguais: por que nos comunicamos?

6 — No **princípio** era **o Verbo**...

10 — Eu vim para **confundir** e **não** para **explicar**

20 — E assim **nasceu** a escrita...

28 — Além das palavras: outras **linguagens** e formas de se expressar

34 — De **volta** para o **futuro**

38 — E **ponto final!**...

40 — **Referências** bibliográficas e **Sobre a** autora

TÃO DIFERENTES E TÃO IGUAIS: POR QUE NOS COMUNICAMOS?

Você já parou para pensar que pessoas no mundo inteiro se comunicam o tempo todo? Em várias e diferentes línguas, por meio de suas artes, brincadeiras e até mesmo por meio de diferentes gestos e sinais. Isso não é incrível?

A comunicação é uma necessidade do ser humano, e o desejo de contar histórias e expressar nossas emoções e sentimentos é o que nos diferencia dos outros animais. Podemos fazer isso de tantas formas que, às vezes, até nos desentendemos! Mas é por meio da comunicação que chegamos até aqui, evoluindo, e esperamos continuar nos desenvolvendo, sempre.

Este livro é uma oportunidade para que você conheça um pouco mais sobre o que se transformou e o que se manteve igual na comunicação humana ao longo da nossa história. Já parou para pensar por que ela é tão importante para nos relacionarmos e que tudo o que nós, seres humanos, temos de singular é fruto da linguagem e do uso que fazemos dela?

Ele é um convite para você descobrir muitos jeitos de se expressar, de estabelecer diversas formas de relacionamentos com as pessoas com quem convive, e refletir sobre como pode melhorar a sua comunicação, para ter relações mais respeitosas, sustentáveis e saudáveis.

Para isso, é preciso que você aprenda a questionar e usar a criatividade, porque, ao longo deste livro, você vai encontrar muitas perguntas. Aliás, mais perguntas do que respostas. Porque são as perguntas que nos estimulam a querer saber mais. E é isso que faz a diferença!

CAPTOU A MENSAGEM?

Rosa Luxemburgo

Por um mundo onde sejamos socialmente iguais, humanamente diferentes e totalmente livres.

No princípio era o Verbo, e o Verbo estava com Deus, e o Verbo era Deus. Ele estava no princípio com Deus.

(João 1:1-3)

NO **PRINCÍPIO** ERA O **VERBO**...

Esta talvez seja uma das frases mais conhecidas da Bíblia, o livro mais lido do mundo. É a frase que abre o Evangelho de São João que, por sua vez, faz referência ao Gênesis, o primeiro dos 73 livros que compõem a Bíblia, e que conta a história da criação do mundo por Deus.

Sendo uma frase de tamanha importância, ela se abre para muitas interpretações. A mais simples e direta é aquela que tenta explicar que, antes de qualquer coisa, existe o verbo, a palavra, ou melhor, **A IDEIA**, que é o que nos move a criar. Ou seja, sem ideia não há ação.

Parece complicado? Experimente fazer qualquer coisa sem antes pensar um pouco sobre, mesmo que de forma automática.

Os cientistas comprovaram que o que nos torna humanos é a nossa capacidade de comunicação, o uso que fazemos das diversas linguagens que expressam os nossos pensamentos. Os outros animais também possuem formas de se comunicar e linguagens próprias, que se manifestam por meio de cheiros, gestos, expressões faciais, sons, toques e movimentos. Porém, não há uma interpretação entre os próprios animais dessa linguagem, ela é um ato mecânico, ou seja, acontece sem que eles precisem ficar pensando sobre isso o tempo todo.
O que não acontece com a gente.

A PERGUNTA que não quer calar...
Qual teria sido a primeira palavra que um humano falou? Arrisque um palpite.

ERA UMA VEZ...

Para sobreviver na Terra, os seres humanos aprenderam a ler as pistas do meio em que viviam e a interpretá-las. A chuva, o sol, a noite, o dia, as enchentes, as secas... os sinais do ambiente lhes contavam sobre como teriam de se comportar, e essas informações, essa "leitura do mundo", lhes permitiu não apenas sobreviver, mas evoluir.

Acredita-se que, um dia, os seres humanos se deram conta de que poderiam fixar ou registrar aspectos do mundo em que viviam e também o que pensavam sobre ele em um lugar fora do seu cérebro. E aí, é claro, o lugar escolhido foi a pedra, porque era próxima e existia em abundância.

PARQUE NACIONAL DA SERRA DA CAPIVARA

A maior concentração de **SÍTIOS ARQUEOLÓGICOS** atualmente conhecida nas Américas se encontra em solo brasileiro, no Estado do Piauí. O **PARQUE NACIONAL DA SERRA DA CAPIVARA** conta com 400 sítios catalogados. Lá foram encontrados vestígios da presença humana que podem ter 50 mil anos, sendo os mais antigos do continente americano. O parque foi considerado Patrimônio Cultural da Humanidade pela UNESCO.

Observe esses desenhos feitos nas paredes de pedra, encontrados na Serra da Capivara. São **PINTURAS RUPESTRES**, nome dado a uma das primeiras manifestações artísticas realizadas pelos humanos, durante a pré-história. Elas ilustravam trabalhos, caçadas, animais, seres humanos e alguns símbolos abstratos.

Quer saber mais sobre patrimônios culturais e quais estão no Brasil?

https://mod.lk/serradc.
Acesso em: 25 ago. 2023.

Foto de arte rupestre de Cueva de Las Manos.

Outras pinturas parecem mais abstratas, como essas mãos encontradas no sítio arqueológico Cueva de Las Manos, na Argentina. Essas formas de comunicação não trouxeram sentenças inteiras ou histórias com começo, meio e fim. Mas a ideia estava lá. Porque **A IDEIA COMANDA A COMUNICAÇÃO**.

Na **GRAVURA RUPESTRE** o desenho era "furado" na pedra com um objeto pontiagudo.

A arte rupestre, que contempla a pintura e a **GRAVURA**, foram as primeiras tentativas de materializar e tornar compreensíveis para outros seres humanos os sons, as sensações e os desejos. Animais pintados podiam significar ritos para boas caças, por exemplo.

A PERGUNTA que não quer calar...

Pense sobre o primeiro desenho feito por um ser humano... O que ele queria representar? E por que ele escolheu representar essa ideia? Que tal fazer uma pesquisa sobre isso?

DIVERSOS, DIFERENTES, Desiguais

O que nos *diferencia* dos animais? Será apenas a nossa capacidade de transmitir ideias em *diversas* formas de linguagem ou você acha que temos outros elementos que nos *diferenciam*? Que tal pesquisar mais a respeito?

9

EU VIM PARA CONFUNDIR E NÃO PARA EXPLICAR

personagem Emília, em "Memórias da Emília", de Monteiro Lobato.

> Todo o mal vem da língua (...) E para piorar a situação, existem mil línguas diferentes, cada povo achando que a sua é a certa, a boa, a bonita. De modo que a mesma coisa se chama aqui dum jeito, lá na Inglaterra de outro, lá na Alemanha de outro, lá na França de outro.

Atualmente temos mais de 7 mil línguas sendo faladas no mundo. Até hoje não se sabe o que aconteceu para que houvesse tantas e tão diferentes. Alguns povos tentaram explicar este fenômeno com seus mitos de criação das línguas.

O mais popular dos mitos é o da Torre de Babel, descrita na Bíblia. Após o grande Dilúvio (aquele com Noé e a arca), a humanidade se multiplicou novamente pela Terra. Essas pessoas, para se mostrarem fortes e desejando serem eternizadas, decidiram construir uma cidade com uma torre até os céus.

Deus achou que, falando uma língua só, eles seriam sem limites e perigosos, então os castigou fazendo com que a língua dos construtores se diferenciasse, e assim eles não conseguiram mais se comunicar e desistiram do plano.

LÍNGUAS FALADAS NO MUNDO

O chinês é a língua mais falada no mundo, por cerca de **1.39 BILHÕES** de pessoas.

Mais da metade da população mundial fala apenas **23** das mais de **7 MIL** línguas existentes.

Segundo a BNCC, no Brasil são faladas mais de **250 LÍNGUAS**, entre indígenas, de imigração, de sinais, crioulas e afro-brasileiras, além do português e de suas variedades.

Russo foi a **1ª** língua falada no espaço, em 1961.

Os havaianos têm mais de **200** palavras diferentes para "chuva".

Papua Nova Guiné é o país com mais línguas... são **840**!

São **370 MILHÕES** de pessoas indígenas no mundo, com **5 MIL** etnias diferentes e comunidades espalhadas por **90 PAÍSES**. Dentre as tantas línguas faladas no mundo, grande parte são de povos indígenas, e **2.680** delas correm o risco de desaparecer e com elas, muitas memórias, histórias, um patrimônio imaterial dos mais ricos de toda a humanidade. Para alertar o mundo, a ONU considerou 2019 como o **ANO INTERNACIONAL DAS LÍNGUAS INDÍGENAS**.

ESPERANTO:
UMA LÍNGUA PARA TODOS?

Ela foi criada pelo médico oftalmologista Ludwig Lazarus Zamenhof em 1887, com o objetivo de ser a única língua do planeta, unindo todos os povos. Porém, o esperanto permanece até hoje limitado a um grupo pequeno de falantes, com um vocabulário restrito. Isso porque não foi criada a partir das necessidades de expressão de um determinado povo. Além de um projeto de língua, o esperanto pode ser considerado um movimento, ligado a causas como paz mundial, justiça e fraternidade entre a humanidade.

Fonte: JANTON, Pierre. *Esperanto*: Language, literature, and community. New York: State University of New York Press, 1993.

A PERGUNTA
que não quer calar...

Como você viu, o esperanto não conseguiu se tornar uma língua muito popular porque foi criada artificialmente, ou seja, não surgiu das demandas e da experiência das pessoas. Tente imaginar que língua poderia ser universal: seria o inglês ou o mandarim, já que muitas pessoas a utilizam? Ou essa língua ainda não existe? Você acha que precisamos mesmo de uma língua universal para nos comunicarmos melhor?

UM MUNDO DE POSSIBILIDADES

As línguas se espalharam pelo mundo e, nos países onde acharam morada, continuaram a se transformar, expressando as necessidades, costumes e desejos dos povos que encontraram.

Em Portugal "camisola" é "blusa de manga comprida" e "cueca" é "calcinha"!

O português, que estamos usando neste livro, é a variação brasileira, mas outros países também falam essa língua que surgiu na Galícia. Países na África e na Ásia foram colonizados por Portugal e seguiram criando suas próprias variações. Que tal conhecer o mundo lusófono e a riqueza de suas variações?

O português é falado na Europa (Portugal), na América (Brasil), na África (Angola, Cabo Verde, Guiné-Bissau, Guiné Equatorial, Moçambique, São Tomé e Príncipe) e na Ásia (Timor Leste, Goa, na Índia e Macau, na China).

MUITO ALÉM DO PORTUGUÊS: AS LÍNGUAS DO MUNDO

Como será que as pessoas ao redor do mundo se desejam parabéns no aniversário?

Agora confira como cantar "Parabéns para você" em 70 países!

https://mod.lk/para70
Acessos em: 24 ago. 2023.

ONOMATOPEIAS: A LÍNGUA DOS ANIMAIS

Confira como as línguas interpretam de formas diferentes os sons desses animais.

PARA SABER MAIS

No canal do YouTube da revista *Condé Nast Traveler* você encontra mais vídeos com as 70 pessoas ao redor do mundo demonstrando, em suas línguas, como contam até dez, como brindam, como interpretam os latidos e miados e quais são os trava-línguas de seu país. Confira nos *links* abaixo.

Trava-línguas

https://mod.lk/tl70

Brindes

https://mod.lk/brin70

Latidos e miados

https://mod.lk/ltmd70

Contando até 10

https://mod.lk/dez70

Acessos em: 24 ago. 2023.

IMPOSSÍVEIS DE TRADUZIR

Apesar de toda a evolução da comunicação e da diversidade de línguas, ainda há muitas emoções, sentimentos, situações que são intraduzíveis. Confira alguns a seguir.

YUÁN BÈI (圓備). Do chinês, estar completamente preparado, recuperado fisicamente, um senso de realização completa e perfeita.

SISU. Do finlandês, extraordinária determinação e/ou coragem, sobretudo diante de situações difíceis de enfrentar.

MOTTAINAI (もったいない). Do japonês, algo como a expressão "Que desperdício!", para o arrependimento de algo não ter sido usado o suficiente ou ter sido descartado sem necessidade.

DESENRASCANÇO. Do português, livrar-se de uma situação embaraçosa de maneira criativa.

TARAB (طرب). Do árabe, um estado de êxtase ou encantamento induzido pela música.

GIGIL.
Do tagalo, a vontade irresistível que beliscar ou apertar alguém muito querido ou amado.

SAUDADE.
Do português... bom, esse você sabe o que é, não é mesmo?

IKTSUARPOK.
Do inuíte, a ansiedade sentida ao esperar por alguém, aquela de ficar sempre checando se a pessoa já chegou.

DIVERSOS, DIFERENTES, Desiguais

Aqui você aprendeu sobre a **diversidade** de línguas que se formaram no mundo e sobre as **diferenças** dentro de uma mesma língua, como no português. Isso tem a ver com o jeito como cada povo usa a língua para se expressar, não é verdade? E, de quebra, você ainda aprendeu como dar parabéns em **diferentes** idiomas e como cada língua identifica algumas onomatopeias e sentimentos universais. Foi ou não foi uma boa experiência?

A PERGUNTA que não quer calar...

Por que será que a mesma língua possui palavras que têm significados diferentes em diversos lugares? Será que o jeito como a gente diz as coisas tem a ver com quem a gente é? Pra você, uma língua tem a ver com o povo que a fala? Pense sobre isso e discuta com seu professor, seus pais e amigos.

E ASSIM NASCEU A ESCRITA...

A necessidade de tornar a comunicação mais precisa e difundida fez com que os seres humanos buscassem novas formas para comunicar acontecimentos e fatos concretos, ideias e noções abstratas e também a própria linguagem, ou seja, o som da fala. Assim ocorreu a passagem da escrita pictográfica (imagens) para a fonográfica (sons) e isso foi o grande salto da comunicação humana.

As primeiras formas de escrita seguiram representando desenhos, mas, dessa vez, de forma mais estruturada e padronizada. Surgiram então os HIEROGLIFOS, que podiam representar um objeto, uma ideia ou um som.

HIEROGLIFOS NO MUNDO

Não só no Egito Antigo os hieroglifos foram usados como forma de comunicação. Na Anatólia (atual Turquia), na região de Creta, na Grécia Antiga e na civilização Maia, na América Central, esse tipo de escrita também esteve presente.

20

Como você pode perceber, a escrita hieroglífica é um tanto complexa e não parece muito prática. Com a expansão das civilizações e do comércio surgiram novas necessidades, como as de contabilizar os produtos, descrever as posses, elaborar documentos oficiais e transmitir informações mais diretas e rápidas.

Com o tempo, então, a forma de se comunicar precisou se tornar mais fácil e unificada. Um dos primeiros sistemas de escrita completo — ou seja, padronizado — foi o **cuneiforme**, que surgiu por volta de 3200 a.C., na Mesopotâmia (que atualmente corresponde aos territórios do Iraque, Irã e Jordânia). Tábuas de argila e estiletes de madeira triangulares eram utilizados para representar formas que, ao longo do tempo, se tornaram mais simplificadas.

O TEXTO LITERÁRIO MAIS ANTIGO DO MUNDO

Os mais de 3.600 versos da *Epopeia de Gilgamesh* (foto), o mais antigo texto literário da humanidade, foram escritos em cuneiforme e registrados em placas de argila. A história, que circulava como tradição oral havia mais de 4000 anos, foi eternizada nesta placa de argila que pertencia ao rei Assurbanipal (690 a.C.-627 a.C.), e conta as aventuras de Gilgamesh, um rei da Suméria transformado em herói.

E AÍ O ALFABETO ENTROU EM CENA!

"A sociedade humana, o mundo, o homem por inteiro, está no alfabeto... O alfabeto é uma fonte."

Victor Hugo

A comunicação humana está em constante mudança e a linguagem escrita continuou se aperfeiçoando, dando vez aos **ALFABETOS.** O que utilizamos na língua portuguesa e o que você está usando para ler este livro é o alfabeto latino, o mais utilizado ao redor do mundo. Ele deriva do grego que, por sua vez, surgiu do alfabeto fenício.

ALFABETO é um termo que vem do grego. É a junção dos nomes da primeira vogal, *alpha*, e da primeira consoante, *beta*.

Há muitos mistérios em torno da criação do alfabeto fenício, mas seu registro mais antigo é de 1200 a.C. Acredita-se que ele é uma adaptação dos símbolos criados pelos povos semitas, que se originaram na Península Arábica. Acredita-se que os povos dessa região, entre o Egito e a Mesopotâmia, tenham simplificado as escritas cuneiformes e hieroglífica, decompondo-as em pouco mais de vinte sons e sinais elementares.

Sabe-se que, graças aos comerciantes fenícios – povo que viveu onde hoje fica o Líbano –, esse novo sistema se espalhou por todo o mundo antigo. Com os gregos e os romanos, esse alfabeto chegou ao mundo ocidental.

A PERGUNTA que não quer calar...
Qual terá sido a primeira frase escrita por um ser humano? Será que existe um registro disso? Faça a sua aposta e compartilhe com seus amigos!

A INVENÇÃO DO LIVRO: DE LEITORES A NAVEGADORES

"As palavras voam, a escrita permanece." No original, "Verba volant, scripta manent".

ditado latino

Os humanos já tinham feito história, eternizando sua vida cotidiana e eventos por meio da língua escrita, mas poucos eram os que sabiam ler e escrever. Os textos escritos circulavam por uma pequena parcela das sociedades.

Você viu que, na Mesopotâmia, os primeiros textos escritos foram produzidos em **tábuas de argila**. No Egito Antigo, os textos eram escritos em **papiros**, folhas feitas do caule de uma planta com o mesmo nome que nascia nas bordas do rio Nilo, o mais importante da região. Essas folhas eram enroladas e, com o tempo, ficavam quebradiças.

O couro de animais também serviu como suporte para a escrita. Depois de passar por um processo até ficar bem lisinho, ele se tornava um **PERGAMINHO**. Inicialmente era enrolado, mas como era um bom suporte para escrever na frente e no verso, os pergaminhos começaram a ter as páginas dispostas uma em cima da outra, criando o que se tornou o **códice**, o pai do livro como conhecemos.

O **PERGAMINHO** foi criado em Pérgamo, daí seu nome. Atualmente na Turquia, era uma cidade da Grécia Antiga.

24

Por volta de 105 d.C., na China, Tsai-Lun, um funcionário da corte do imperador, aperfeiçoou um material feito do cozimento de fibras de tecido e cascas de árvore, inventando o **papel**, mais ou menos como o conhecemos hoje.

Mas essa invenção só foi levada para a Europa muitos séculos depois, quando os árabes tiveram contato com os chineses e se estabeleceram em países como a Espanha. Lá o papel começou a ser produzido no mundo ocidental.

No século XV, Johannes Gutemberg, um inventor alemão, desenvolveu a imprensa de **TIPOS MOVEIS**, popularizando o livro, que ficaram mais fáceis e mais baratos de fazer. A Bíblia passou a ser reproduzida em massa, o que também ajudou a alfabetizar a população, já que antes a leitura era um privilégio das classes mais ricas.

Os **TIPOS MOVEIS** eram as letras, números e pontos moldados em chumbo. Esses tipos eram dispostos em uma prancha, formando palavras, frases, até completar uma página. depois, usava-se tinta para reproduzir quantas cópias fossem necessárias.

Hoje, com o livro eletrônico, uma nova transformação se anuncia e o prazer de tocar as páginas de papel começa a disputar espaço com as telas dos computadores, *tablets* e celulares. O que virá amanhã? Será que o livro vai morrer? O que você acha?

BIBLIOTECAS:
TODO O CONHECIMENTO NUM SÓ LUGAR

O sonho de armazenar todo o conhecimento humano é antigo. Sumérios e egípcios já montavam bibliotecas, que só eram usadas por algumas pessoas, pois, naquela época, só alguns tinham acesso ao conhecimento. A mais famosa biblioteca da Antiguidade foi a de Alexandria, no Egito, fundada no século 2 a.C. e destruída no ano de 391 da nossa era. Seu acervo possuía, aproximadamente, entre 30 mil e 700 mil rolos, e até os códices já faziam parte dele.

Atualmente, a maior biblioteca do mundo é a Biblioteca do Congresso (foto), que fica em Washington D.C., nos Estados Unidos. Criada em 1800, seu acervo tem mais de 155 milhões de itens, entre livros, manuscritos, jornais, revistas, mapas, vídeos e gravações de áudio.

A PERGUNTA que não quer calar...

Além dos livros, hoje em dia os textos escritos estão em muitos lugares, como jornais, revistas e a própria internet. Parece que todos podemos ser escritores, expressando nossas ideias, sentimentos e retratando nosso cotidiano nas redes sociais, *blogs* etc. Para você, o fato de podermos registrar nossos pensamentos mais facilmente simplificou a comunicação? Será que hoje somos mais claros, eficientes e pacificadores do que nossos antepassados?

DIVERSOS, DIFERENTES, Desiguais

Aqui você aprendeu sobre a criação dos alfabetos e sua popularização entre diferentes povos, o que fez a humanidade dar um grande salto na propagação de suas experiências e conhecimentos. Também descobriu que, com a troca entre diferentes culturas, muitas descobertas foram difundidas, como o processo de criação do papel. Deve ter ficado impressionado em saber que o papel (vindo da China) e o alfabeto (vindo dos fenícios) se juntaram nos livros muitos séculos depois, após a invenção da imprensa por Gutemberg. E assim tornaram-se mais acessíveis aos diferentes povos da Terra.

ALÉM DAS PALAVRAS: OUTRAS **LINGUAGENS** E FORMAS **DE SE EXPRESSAR**

O uso do alfabeto possibilitou uma revolução na comunicação humana, porém, há outras formas de expressão para além dele. E, como vimos, elas já existiam desde os primórdios da humanidade. Os desenhos encontrados gravados nas pedras, em diversos lugares do mundo, revelaram isso.

Os seres humanos aprenderam a contar suas histórias usando outras formas de expressão como:

Cinema

Dança

Música

Artes plásticas

Fotografia

Teatro

Brincar é uma **n**~~...~~ de se comuni~~...~~

Toda criança gosta de brincar. Por m~~...~~ brincadeiras, ela expressa sua personali~~...~~ demonstra, de uma maneira fácil e natural, o que sente e pensa. Bonecas, piões, carrinhos e jogos de tabuleiros foram encontrados em ruínas arqueológicas, deixando claro que, desde a Antiguidade, brinquedos e brincadeiras são formas de troca e comunicação.

Jogos muito parecidos se desenvolveram em diferentes épocas e civilizações ao redor do mundo. Por exemplo, bolas antigas feitas de couro, palha ou látex eram utilizadas em jogos e foram encontradas em ruínas do Egito Antigo, do Império Romano e construções indígenas da América Central.

Como as brincadeiras expressam aspectos da natureza humana, como afeto, raiva, proteção e liberdade, os humanos parecem sempre encontrar formas parecidas de dizer o que sentem, mesmo que estejam em lugares distantes.

Esta miniatura de carruagem é considerada o brinquedo mais antigo do mundo. Foi encontrada em escavações na cidade turca de Sogmatar, no túmulo de um menino que viveu durante a Idade de Bronze. É um carrinho de 5 mil anos!

Cada uma dessas linguagens são importantes meios de comunicação e expressão e ampliaram infinitamente as diferentes formas que todos os seres humanos possuem para trocar ideias, sentimentos, opiniões. E elas, diferentemente das línguas faladas ou escritas, possuem uma vantagem muito importante: elas evocam sentimentos universais e não necessitam de nada, além de elas próprias, para serem compreendidas no mundo inteiro.

A PERGUNTA que não quer calar...

Você já utilizou algum objeto ou imagem para "dizer" alguma coisa que não conseguiu expressar com palavras? Já tentou contar uma história só com mímicas? Que tal compartilhar com seus amigos uma experiência assim?

AS LÍNGUAS DE SINAIS

E como será que as pessoas surdas se comunicam? Por muito tempo marginalizadas, hoje as pessoas com esse tipo de deficiência dispõem das línguas de sinais.

Elas podem se dividir em três tipos: os gestos manuais vistos pelos surdos, os sentidos por toque pelos surdo-cegos e os adaptados para os pés, para surdos sem braços.

"Escola" (school) em ASL

Mesmo as línguas de sinais refletem as diferenças entre os países e suas culturas. Por exemplo, nos Estados Unidos a língua de sinais é a ASL (de American Sign Language) e no Reino Unido a BSL (de British Sign Language).

"Escola" (school) em BSL

Em Portugal chama-se Língua Gestual Portuguesa (LGP) e aqui no Brasil temos a Língua Brasileira de Sinais, a Libras, que é considerada uma das línguas oficiais do país.

Todas são diferentes entre si, mas têm o mesmo objetivo: possibilitar às pessoas com deficiência uma comunicação entre elas e com as outras pessoas da sociedade, equilibrando a desigualdade de tratamento e de acesso à comunicação que existe entre os surdos e os não-surdos.

Na Libras, como em outras línguas, há níveis parecidos de complexidade, pois também expressam conceitos emocionais, irracionais e abstratos.

Frio

Saudade

Verde

É importante destacar que as expressões faciais são importantíssimas, já que podem mudar todo o sentido da frase.

Cada pessoa ganha um gesto que a represente para identificá-la, como um nome.

Banco (Recife)

Banco (Sudeste)

A Libras, sendo também uma língua, possui algumas variações e regionalismos.

31

O CORPO COMO MEIO DE EXPRESSÃO

Além das línguas de sinais, os seres humanos, desde sempre, se comunicam por gestos, ou seja, por expressões corporais e faciais, alguns espontâneos (como uma expressão de susto) ou de convenção social (como o sinal de positivo com o polegar).

Assim como tudo que aprendemos aqui, os mesmos gestos podem expressar sensações e pensamentos diferentes e também podem ser interpretados de diversas formas ao redor do mundo. Alguns, que parecem "normais" ou são usados corriqueiramente por nós, podem ser grosseiros em outros países; portanto, tome cuidado com a maneira com a qual você se comunica!

FILIPINAS

Mexer seu dedo indicador, com a palma da mão para cima.
...
Usado para chamar cachorros – muito rude para chamar pessoas!

FRANÇA

Segurar as duas mãos com os dedos juntinhos, pontas para cima.
...
Indica preocupação ou estresse.

ALEMANHA

Acenar a mão, palma virada para dentro, na frente do seu rosto.
...
"Você é insano(a)!"

ITÁLIA

Juntar as mãos como no jogo de passa-anel e balançar para cima e para baixo.
...
"Eu não acredito que estou ouvindo isso! Que absurdo!"

SIGNIFICADO   GESTO

Adaptado de "Around the world in 42 hand gestures", disponível em https://mod.lk/handgest. Acesso em: 25 ago. 2023.

Além de gestos, precisamos nos atentar a alguns comportamentos e posturas. Por exemplo, na Espanha é bem estranho ficar descalço, a não ser na praia ou na piscina. Mas na Austrália é muito normal, e pode-se ver pessoas andando sem sapatos na rua e até mesmo em alguns eventos sociais. Por aqui também estamos acostumados a andar calçados pela casa, mas em países como Japão, Finlândia e nos Emirados Árabes é costume e respeitoso tirar os sapatos antes de entrar numa casa.

A PERGUNTA que não quer calar...

Você conhece alguma linguagem que seja universal? Como você deve ter observado ao longo deste livro, o ser humano já criou algumas maneiras de se comunicar que podem ser usadas e compreendidas por todo mundo. Mas ainda existem muitas diferenças nas nossas formas de comunicação.
Você, acha que o ser humano ainda pode criar uma nova maneira de comunicação que todo mundo entenda? E será que ela é mesmo necessária? Reflita e compartilhe suas ideias com seus amigos e familiares.

DIVERSOS, DIFERENTES, Desiguais

Aqui você aprendeu sobre as *diversas* formas de comunicação além da oral e da escrita. Também viu como *diferentes* civilizações, em *diferentes* épocas, brincavam como você. E ainda aprendeu que, para superar a *desigualdade* sofrida pelas pessoas surdas foram criadas as línguas de sinais, que também *diferem* entre países de mesma língua falada. E percebeu como os gestos podem significar coisas *diferentes* em cada cultura (às vezes, até ofensivas!), e que é preciso respeitar as *diferenças* entre os povos e suas culturas para construirmos uma comunicação mais eficiente, ética e sustentável.

DE VOLTA PARA O FUTURO

Observando nossa história enquanto humanidade, constatamos que, tudo que vem, volta. Ou seja, eventos se repetem, e com a nossa maneira de nos comunicar não seria diferente. Em pleno século XXI, cá estamos nós nos comunicando por meio dos EMOTICONS, EMOJIS e memes!

EMOTICON é a junção dos termos em inglês *emotion* (emoção) e *icon* (ícone). É a representação gráfica de uma emoção utilizando caracteres do nosso teclado do computador ou celular. Por utilizar pontuações, é útil para mensagens em que só podemos usar textos. Foi criado em 1982 por Scott Fahlman, que trabalhava na Universidade de Carnegie Mellon, para indicar mensagens cômicas e recados sérios em mensagens de texto.

EMOJIS são uma espécie de "evolução" dos emoticons e foram criados na década de 1990 por uma das maiores empresas de telefonia móvel do Japão. Eles são desenhos autorais e inéditos, que você encontra no teclado do seu celular ou tablet.

JUNÇÃO ENTRE IMAGEM E TEXTO: A SÍNTESE DOS MEMES

Você já deve ter visto muitos memes na internet, especialmente nas redes sociais e aplicativos de mensagens. A origem do termo é grega e significa imitação. Um meme clássico vem acompanhado de imagem e texto e é feito para causar humor.

Segundo a equipe do #MUSEUDEMEMES, no Rio de Janeiro, a diferença entre um meme comum e aquele que apresenta um conteúdo viral, ou seja, que alcança um número expressivo de visualizações na internet, é que "os memes não são apenas compartilhados, mas reapropriados pelos usuários, de modo que seu conteúdo é parodiado, recombinado ou remixado antes de ser passado adiante". Por isso é preciso estar atento e ter respeito por quem for representado ou mencionado com esse tipo de recurso.

Quer produzir seus próprios memes? Descubra aqui alguns aplicativos para te ajudar:

https://mod.lk/memeapp
Acesso em: 25 ago. 2023.

COMO RIR NA INTERNET EM DIFERENTES LÍNGUAS

O desejo de ser rápido na comunicação fez com que, por exemplo, representássemos sons por meio de letras (olha aí a história se repetindo de novo!). E mesmo que esses sons sejam iguais, podem ser representados de maneiras diversas, nas diferentes línguas.

Os coreanos representam o som da risada igual a uma usada no nosso português, kkkkk, embora para eles o som produzido seja um pouco mais discreto. Em árabe, como o som da letra H é de um R bem forte, a onomatopeia do riso é formada só por essa consoante, hhhh. Conheça outras risadas internacionais acessando o QR code abaixo.

https://mod.lk/risosint.
Acesso em: 25 ago. 2023.

A PERGUNTA que não quer calar...

Há quem diga que "Uma imagem vale mais do que mil palavras". Você concorda com essa afirmação? Será que as imagens são mais eficientes do que as palavras para a nossa comunicação? Por outro lado, é interessante pensar que, se essas duas formas de expressão existem, é porque elas são necessárias. Ou não? Converse na escola e em casa e encontre suas respostas.

DIVERSOS, DIFERENTES, Desiguais

Aqui você aprendeu sobre as *diferentes* formas de comunicação que usamos na modernidade, especialmente na internet. Viu como voltamos a utilizar imagens para transmitir mensagens, embora de forma um pouco diferente dos símbolos antigos, como os hieroglifos. E ainda observou que, mesmo quando comunicamos as mesmas ideias, elas se expressam de forma *desiguais*, em *diversas* linguagens. Isso é criatividade, uma característica humana que todos devemos cultivar!

E PONTO **FINAL!**...

Quando se trata de comunicação humana, dificilmente a gente consegue colocar um ponto-final. Como já dissemos, a comunicação entre os seres humanos está em permanente construção e transformação. Por mais que façamos exercícios de futurologia, é difícil imaginarmos onde esse desejo de trocarmos informações, impressões e sentimentos pode nos levar.

O importante é que ela continue a nos mostrar como podemos ser iguais em tantas manifestações e absolutamente únicos e originais em outras. **A COMUNICAÇÃO PODE SER A GRANDE PORTA DE ENTRADA PARA A EQUIDADE E O RESPEITO ÀS DIFERENÇAS,** porque, quando nos comunicamos com abertura para, de fato, entendermos o que o outro quer nos dizer, reconhecemos o quanto somos parecidos.

Talvez a comunicação seja uma das poucas possibilidades de nos unir em torno de nossas igualdades e desigualdades.

E você, depois de ler este livro, o que acha? Pense a respeito e compartilhe com seus familiares, amigos e professores. Vai ser um excelente exercício de comunicação!

REFERÊNCIAS BIBLIOGRÁFICAS

AGUIAR, Luiz Antonio. *Que haja a escrita*. São Paulo: Quinteto Editorial, 2005.

BAUSSIER, Sylvie. *Pequena história da escrita*. São Paulo: Edições SM, 2005.

BELER, Auder Gros de. *O papiro sagrado*. São Paulo: Cia. das Letrinhas, 2012.

CHARTIER, Roger. *A aventura do livro: do leitor ao navegador*. São Paulo: Ed. Unesp, 1998.

DUARTE, Marcelo. *O guia dos curiosos: língua portuguesa*. São Paulo: Panda Books, 2003.

MANGUEL, Alberto. *Uma história da leitura*. São Paulo: Cia. das Letras, 1997.

SOBRE A AUTORA

Meu nome já conta um pouco da minha história: *Januária* era o nome da minha avó paterna, uma exímia contadora de histórias que, enquanto encantava todos ao redor, bordava e fazia crochê, mostrando o quanto trançar fios tem tudo a ver com desfiar histórias. *Cristina*, segundo minha mãe, é nome de rainha, e ser rainha, ainda que só de nome, é um bom começo de história para qualquer pessoa.

Talvez os nomes tenham tido, de fato, alguma influência na minha trajetória. Virei uma contadora de histórias como minha avó e inventei muitas que tinham rainhas como personagens. Me tornei jornalista, educomunicadora e pesquisadora de histórias do folclore brasileiro. Minha empresa se chama "Entrepalavras", porque costumo dizer que vivo, de verdade, entre elas. A comunicação tem um papel central na minha vida!

Acredito que o ser humano nasceu para contar histórias e, quanto mais ele conta, mais humano se torna, desenvolvendo mais respeito e empatia pelos outros. Por isso, espero que, ao conhecer mais sobre a **comunicação humana** — que, como vimos, é feita de histórias — você promova a paz, o diálogo e as trocas éticas, saudáveis e respeitosas com todos os que encontrar. Não se esqueça: cada um escolhe as histórias que quer contar.